第39届青春诗会诗丛

《诗刊》社／编

田凌云 著

母豹进化史

长江文艺出版社

39 青春诗会
Youth
Poetry

元复诗歌基金支持

田凌云

1997年生于陕西，中国作家协会会员，北京师范大学文学硕士在读。曾获钟山之星文学奖、草堂诗歌奖、扬子江年度青年诗人奖。

目录

第一辑 救赎

第二辑　比爱更伟大的无欲

第三辑　众生喧嚣的时代

第四辑　道法自然

第一辑　救赎

世界很好

在这寸草之地我将获得一个地球

在这众多慌乱者中我将是最安静的那个

幼稚者或成熟者

在和生活并肩躺在某种梦境上

我将是最虚无的那种

真实或不幸

在芦苇搭建起的茅草屋里

我将是那茅草屋的定义

其中无法诉说的本质

我将我的心情塌陷入一首亢奋的诗

再从一首无法诞生的篇章中提起

没有什么值得失望，这个世界很好

绝望从未诞生，灾难在无限轮回中趋于静止

失落的欲望

我写不出绝对满意的诗，这并不令我伤感
生活总需要一些失落，衬托欢喜

我干不成一件体现尊严的事
每天都活得惊心动魄，像一滴水反复渗入大地之中

概念瓶颈

娱乐掏空了人的灵魂，而灵魂
深陷在灵魂的塌陷当中
这些年我目睹了未知物在体内升起
又从不知名的地方落下
于中途的某种他人之声成为概念
从而背叛自身，像我从一出生
就被锁到了"名字"里，仿佛再没有其他我——

恢宏之力正在溃散，现实分秒击败肤浅
疲惫的工作无法变成重复之外的幻影
人们纷纷将视线从狭窄中取出
但生活作为最大的戏剧，一生也无法
令人窥探其肉眼可见的真实性

声音如锋刀破坏了完整，事物在尊严中被搅成碎块
而真正的荣耀在何处升起
寂静中获得的圆满无人问津
人呵——
将虚构的自传送往真理，尽管它疼痛、充满泪水
像黑色的落日，在乌云的脸上弹奏寂寞的竖琴

坚定写作

太多沉重之物击败了写作

但唯有写作使我清醒，去坚定唯一

挣扎的道路，写作

必然也是一条

更为独特的挣扎之路，但混合着思考的花香

强势而慈悲的粉碎

生存的面具，像一种摇摇欲坠的乱石之果

但必须写点什么我才能明白

在这个无人会想起我的夜晚

在无数无人会想起我的夜晚

在自己把自己都忘却的夜晚，被孤独之花

吞噬的光耀长夜

带着疲惫发昏热炭般的大脑

去写作

去证明，荒谬的航行是多么必要

幻　觉

在一辆车上，我产生了愉悦的幻觉
几个纯洁的圆形水泡，装着不同的自己
重重摔落——我的肢体零落成泥
又重塑。我提前看到了生活的可能
感受到了命运的善意，它不希望我有
下跪的平台。于是一辆车产生了
一百个窗子，一百个窗子又衍生了
一千个自己。我被无数个我
挤压在狭小的空间里，不断地与呼吸游戏
我把我产生的不同的孩子，放到
不同的星体里去，如果火星允许
我希望那里多住一些，治愈它们共同的体寒
慰藉远在地球的我的，灰烬之体

全部或不是

夜晚不只是夜晚，它像个哑巴女人
安静待在天上

群星是它的孩子，但没有丈夫
致命的追问是一种虚空

夜晚只是一种黑，像无尽的森林
六月的燥热，万千狗吠冲昏了头脑
孕育着黑色的黎明

在一片黑暗中，自以为得到了全部的黑夜
自以为，自身就是全部的夜晚

等消息

现在已经过去了一天一夜

退路越来越远

它比我觉悟得要早

在我觉悟之前永恒地离去

我知道我又犯了符合年龄的错误

但这样的错误总不被原谅

我在反省中度过自己担惊受怕的青春

在如履薄冰中走过语言

我有那么多个我，但没一个可以为我承担

后果。没有一个我比我更无力

没有一个我比我更荒芜

荒芜到快乐

荒芜到只想承认明天的意义

认为明天就是余生

我愿每个人都做自己

固执自己的不原谅，贡献一份少女打磨

沧桑的力量。我愿世间爱恨平等

如一半水一半火常年在我体中

卑微者的皇冠

如今我是破产的病虎
输掉了所有的野性

我有一身空洞，但面对父亲的数落
毫无办法。我常年在深夜与孤独对峙
最终谁都不忍背叛谁，用最大的逃避比赛伟大

谁逃避得越卑微，谁就可以
用阴影替自己戴上皇冠

疼痛之美

凌晨三点，我踟蹰而坐
思考如何写一首温暖的好诗
我多年把心埋在体外，导致对目力所及
的事物，无法通灵
我像一个封闭之镜，以为自己体内有
用不完的灵气，对万事万物
没收了爱意。在夜晚
也是飘浮在空中的朽木，看不见
本相躺在床上的身体。我擅长幻化自己
为了灿烂而固执的盲信。我把自己撕裂成
无数个部分，一座孤岛或一粒尘埃
都可以是我，包括自身镜面的背部
扎着的无数根刺，它们时刻都在提醒
我的美丽，让我在尘世
能有清醒的疼痛之美

枷锁中的皇后

写作者不能因写作而骄傲
我除了写作一无所有
因此人生依然自卑

思考是被撕裂的影子，我对世界
没有怀疑，却常用思考背叛它们

行为像洪流，掉入
逆反的天空之眼。我是群鸟
因而没有确定而具体的灵魂

错误让我成就，坏事是翅膀
我在下沉中不断飞向更高的天空

永恒的枷锁中的皇后

拓荒者

这些年
灵魂越来越重，身体越来越轻
下午闭眼躺在沙发上，一个我遁入大地
一个我升入天空。留下的，都是
不知为何的假象。因灿烂的头痛
以假乱真——

这些年，我像一个拓荒者
在自己胸口，没日没夜开垦一望无际的星空

跟自己打仗

自己跟自己打仗，我赢在
一输到底。赢在提前知晓
战争的结局：饱满的失落，可爱的消磨
赢在生而为人，我已丢失了
为人的权利。活着，像个幽灵
死了，又是否能去往人间？
赢在我有太多自己，他们都与我
有不明所以的深仇大恨，日日暗杀我的灵魂
用寂寞逼我下厨，做孤独的午餐
好吃得满嘴发苦，荒芜长满牙齿
赢在我哑巴的身份，深夜张口
如半死不活的猛虎。赢在
我已经把自己全部的可能性，送离了尘世
具体地址，要看佛祖
何时愿意放过我心上的枷锁与囚徒？
赢在我仓皇的幸福，衰老的青春
它们都太爱我。爱得我又轻盈又沉重
如一片不知其罪的羽毛……

我在内心养着金黄的意念

我惨败于与一杯开水的斗争
它顺着我粗心的裂缝
借由瓶盖之嘴降临我的下巴
和胸口
火焰一般，我燃烧了一天
仿佛爬过一万只残酷的蚂蚁
个个都拿着刀子
在我的脸部和胸口解剖什么
无所谓啊，真的
现在的我不在意容貌
贫穷长久临幸我的高贵，生存整日
不厌其烦地碾压我的认知
可无所谓。我在内心
养着一头唯一的、金黄的意念
这些东西像咒语般令我发狂
即使不完全被我拥有，只赋予我
去它途中的
消失的权利

不再是孩子

父亲醉酒后在深夜回家
这是第不知道多少次
他背着自己踉跄的影子、痉挛的胃
在开门的一瞬
整个扑倒在我怀里
像个易碎的花瓶，把自己放心地摔入大地
他碎了，是的
包括强势与脾气，健康更是彻底
多少次，我在他吐血的噩梦中
被他吐血的声音所惊醒
然后迅速奔向他所在之地
拍着他受伤的心灵
底下埋着我的、同样受伤的心灵
家里的担子很重
随着父亲坠落的健康，逐渐如光影
整个地落在我身上
很多疾病需要我照料，很多老人和亲戚
需要我拿出除语言之外的本领
去安慰
让他们保持系统般正常的运转
我知道我不再是个孩子

父亲现在的生活，就是我以后的生活
而我和父亲的生活，也是整个人类的生活

但声音仍然在拽着我

抛弃了，被抛弃了
但声音仍然在拽着我

独立之光击溃依赖之愚
一旦选择依靠大树
哪里的树根都会因虚幻的信任不稳

人太简单了，瞬间被人群冲走
又可能因一个事物随时回来
一切恶的阴谋而与人无关
一切都该被直接相信而与美好无关

夜晚我站在高空中眺望并祈祷
人人都能过上幸福的生活
像天真数次被我抛弃但仍在思维的关键处隐现

我从来不认识表达

我该去说些什么
证明自己的烟火气？

我的语言箭全射出了，沉默像一种呼吸
我想去倾诉
但我无话可说
我只能说出空白
但无人能听懂空白

我必须表达自己
像狗，像猫，在那里吠叫
或者发出某种凄凉声

黑夜一到来我就要蜕下一层皮
我本是另一个人，厌倦了伪装的
伪装也厌倦了我的

思想像是巨铁，但一到清晨我就成为白纸
我从来不认识表达
我的前半生都在沉默的高潮中

我的悲伤蘸着甜蜜的番茄酱

我的悲伤蘸着甜蜜的番茄酱
像我天生的忧郁
但从来不足以构成毁灭之美

身后是戈壁与黄土
手边是石头
湖水和飞鸟在梦境里头
语言上站着不确定
它嘴里嚼着美丽而混沌的思考

我的悲伤挺拔俊俏
像悬崖上的风筝
骄傲地立在
人类所有的星辰和大海里

香山祈福

我多么故意

从早上六点，一跪

就仿佛跪过了半生。膝盖焚烧

和我的心灵一样美好，什么

表里不一，我已经

把它们都变得像麻风般美丽

不信你看，我隐居的手指

又回到了它奢华又空洞的故居，磨人

的眼睛，又爱上了这茫茫的山中大雾

被消灭的精神，也在妄想

拥有悬崖般危险的健康，再不用吞噬

无用的书籍，这些奢侈的药物

难道不是魔鬼吗？扔下我们泉水般的

身体。污浊的纯洁，在我们心里

从来是处女般的荔枝

从山底到山顶，我们三步一叩头

用巨大的灰尘洗净了前半生

用洗净的前半生，求爱逃离背叛的后半生

脑顶的晕眩多么美丽，像极了

午夜自尽又重生的造物

艰难的表达

我想说话，但说话太费力了
我想面对任何肉眼的镜头而不慌张
但，恐惧的灵动太费力了
懂我的人，都清楚知道我的敏感
他们像拥抱一个草籽一样拥抱我
拥抱这敏感
我偶尔和他们长聊，但最终
就变成了自言自语，甚至是沉默
——我最擅长表达沉默
我想说话，迫切地想
每当我有一腔的表达欲涌动在心头
牙齿就拦下了我的语言
给予我无解的悲伤
我很想像一个天真的孩子那样
告诉爱我有多爱它，告诉黑暗
我满身长刺的希望
但我不能，该说的我已经说出
为这艰难的说出我已经死了
为这艰难的说出，我必须时刻审视语言

自我质问

打磨一首诗，首先

要替它梳发，活络经脉

接着，要跟它交心

就像一个白发苍苍的老人

独自面对落日的背影

接着，你还要问它

你敢不敢，冒天下之大不韪

去写别人畏惧之事

去写众生或许知晓

却从来不敢直视之事

当到这时，如果它回答你了

你便要接着问自己：

"那田凌云，你敢不敢

和你的诗歌一起，冒天下

之大不韪？既可魄力于清风明月

又可魄力于头破血流？既可

像个慈悲的怪兽，又可像个

野性的神僧？既承担得起咒骂

又承担得起赞美？容得下世人诽谤

也容得下世人践踏？那田凌云

你敢不敢，走一条人迹罕至的小路

牵着你爱的那个鬼魂，去神山上看一场
永远不会天亮的星空？"

打　开

打开自己，恐惧也被打开，死亡也被打开
灵魂不只是变轻的问题，同时
更透明，像透支的信用卡。让人
无力偿还
不想再纠结所有权问题了啊，这永远
不由我做主的事情

打开，玻璃在迅速变皱
女人在迅速变老。哦，我也是一个女人啊

重　生

不断地压缩。正如你不断地灭亡
缩小如一片人间，一场投湖
一个男人薄凉的背影
再杀出去
养一千只豹子在心里
不给水，不给粮
如此折磨，与你崇高的痛苦匹配
深夜再不会颤抖，恐惧再不会
赎罪地扇到脸上
灭亡不会自怜地，穿过健康
女人依旧在孤灯下等待男人的回返
小孩的身体没有装进大人
脚还是脚，没有破洞
需要一场春天，用一万种黑夜构成

不可能

你不可能每天吞食一千根鱼刺，太奢侈了
或以用头撞墙的方式迎接慈悲，太热情了
如果一定要，请先离太阳近一点，不要躲着

我允许你安慰我布满沟壑的肉身
它们藏着泥石流、沙尘暴、雾霾
我所有青春的样子，它们都有

你看，那些还在颤抖的叶子
托起的每一个女人，都是我用孤独孕育的慈悲
它们爱大地，它们如此害怕回到大地

终于不用再上演轰轰烈烈的绝望了
北风吹呀吹，仿佛一切还能被拯救
仿佛我不曾变成石子，只为被你踩踏一次
仿佛我停下的每个人生的时刻，都有你
腐朽的原谅

享 受

尽情地享受那些不知来源的痛苦吧
抬头只是明灯，没有喧嚣
低头只是土地，没有凌辱
看不见的远方，都被雾水爱着
除此之外，你还要享受自己的蝼蚁
一只一只地爬满身体
并忘记自己的武器

必 须

必须从小我里解放，一个鬼

没有更多选择。爱深渊：一年、三年、五年

爱白发：五年、三十年、一百年

请原谅我不是伐木工，没斧头，砍不断天涯

从一棵树解放，我尚且是一只失明的鹰

从一只鹰解放，我还喝着遗忘末日的孟婆汤

呐　喊

忘记一个词语，亲人尚且存在
文化不是声音，形同内心的呐喊无人聆听
从虚无中来，我没带来希望
到虚无中去，我带走一片荒草之美
请原谅我没有给后人，更多哭泣的可能
我未拥有地球的全部海洋，我只是一朵向日葵
我不面向太阳
我享受死亡——

看不到万紫千红，所有的眼睛都向北
该破碎就破碎。不用担心玻璃的眼珠
就让它摔过一千次——

用心在心中呐喊
我不曾疲惫，只是无意间翻开了绝望

鹦　鹉

我上世不曾行善，所以杀死了鹦鹉的良心
闷死，再闷死，我找不到更多准确的致命
如果可以，我愿意再一次变形
一个暖巢，就可以让善良放下戒备

我不曾教它们说话，自己尚且喑哑
一个假人，还需要去人间吃一顿烟火
制造新的心脏，静静看它出血

所以我这么多年笨着——
鹦鹉多么聪慧，甚至可以用乐观的情绪说出：
"我累了。"

从此刻开始做成熟的人吧

从此刻开始做成熟的人，忘记刀的存在

不看顾城、海子、外国诗集

对着云，忍住眼泪

不要把自己想成荒原里的一幅画，即便是背影

它也需要回家

奢侈一次，让自己变成海豚

不虚无地活一回

不自我遗忘，记得按时吃饭，睡觉

好好爱一个男人，并与他结婚生子

不去管离婚后的事

如此，请不要再怀疑自己的成熟

它已和你的悲伤，形同兄弟

请原谅我偷走了忧伤

我已经懒于警告你
这是我第多少次抬不起眼皮
昨夜清洗头疼，如你可爱的谋生
我下葬那些磨人的快乐，把世界变成
大块的灰玻璃，忘记了姐姐流血的
耳朵，和我用毅力和绝望
坐穿的监狱

对　抗

是的，年轻时我对抗过
用成熟的小船、清高的麦子
得到你关于鄙夷的赞美。我以为
我做得还不够好，于是我用
杀人的白雪、邪恶的暖阳
继续跟你对抗。我得到了你的下跪和哭泣
并用热泪接受它们

深夜十二点，外面大雨，我刨出良心
对抗你——以死亡之剑
我们在人世穿梭，以最滑稽的身份
错过着彼此，以折磨，深爱着彼此
如果还有什么可能，一定是我们终于学会了自救

而今天，我们沉默
带着断裂的空气——

追击精神谱系

如何让我获救？精神谱系不及给我答案

从头脑风暴走出。万物转败为兴

我仍然是铁诺北路上的无线风筝

石子借风相爱

它的精神谱系是伤害我的麻木

而我已将麻木练成血管，导致灵魂无处可去

精神谱系无缝隙可亲近我

但我还是走着，用麻木开花，变成

万千玫瑰中的一朵，自己给自己寻亲

绽放，然后枯萎

我是一个用旧的房子，在尘世

收集所有迷失的空无

直到精神谱系不再喜爱

甚至不再对我的麻木，提供

看见的耐心。让我变成一个麻木的瞎子

像一只失去攻击力的豹子，突然进入魔塔

用头脑风暴，找着自己的世俗与精神的出口

答案是头疼，家族是迷失

我已没有更多选择，自己身上的皮肤和灵魂

已被"分身奴隶"贩卖到远处的精神谱系

而我此刻挣扎、嘶吼，都只是为了让我成为我

一个本就失明的人，费力接受着自己的本体

我明知孤独是最大的绝症

我明知孤独是最大的绝症，让一个人
站在自己的刀刃上，接受黑暗的忏悔
吃着黑房子的面包屑，成就自己伟大的咳嗽

可以让我丧失我，身上不断地长出城墙
墙皮将自身包围，像一个被驯化的火炉
在雨水的腐蚀里找着自己的氧气

可以让未来拥抱过去，如时间爱上空间
这么多年，人间的废弃与崛起，没有距离

我与时间情人

如果我将被找到，请允许我哭泣
请允许我告诉你，你找到的是我的背叛者
我是我的囚徒，也是我的背叛
曾经像个傻子，在深夜的屋檐与孤独共舞
曾经像无家的人，半夜与野兽互相撕咬
当来到自己的洞府，欺骗是自己的囚牢
很多次长河咆哮，我就又成了狮子
把内心的懦弱装起来。很多次站在自己的伤口上
告诫自己：感激，成长赐予你闪电的速度
所以那么慈悲。常常行到水穷处
找寻自己的内心的野兽与彷徨。我想和时间为伴
甚至和时间比老。当它成为我的唯一
我将成为自己的胜者。里面有着无数个夜晚的悲伤与血迹

荒　谬

在车上我解剖自己，用一个
荒谬的想法。海岸从海燕的叫声里离去
异国干净的船帆，拒绝了我的心灵
多么痛啊！我用伤口爱着一尘不染的人世
它也用刀子一直爱抚着自己

温暖的诗

我立志要写一首温暖的诗，像黑枪手
立志要做个好人

我的身上有很多蜂窝，没事了
我们就互相亲吻

我发誓不再给自己编入感动
直到看着飞翔的海燕，泪水决堤

捆　绑

我想绑住我的绝不是空虚，我还在钱锺书先生的话里
跟无聊辩论，我还沉溺于跟无法彻底的无聊，打仗
跟谋生的前章，比有气无力
所有被抽走的时间，都是回返的灵魂
拍在黑夜的浪潮之上，响着没有核心的
空铃。我研究"捆绑"这个词，并不是源于
我受困的自身，内心有一千只猛虎
都在跟真理的刀子诡辩，谁更有勇气赴死
好吧，此刻我命令它们，放下屠刀
你说一切还需要开始，在这场结束中

母豹进化史

一只母豹在原野奔跑
有胆魄的年轻猎手像射击兔一样
射穿了它的心脏，它带着
更大的胆魄，仰天长啸
子弹飞出了身体，伤口愈合如初
伤口成为奔跑的哲学
它继续跑，穿过了猎手的肉身
嘴、鼻、耳、四肢、肚皮
跑到了更大的原野上
有一瞬间，真理坐在石头边
眼睛被什么虚晃，看到它
瞬间长成了人类，同时吐出了
人的贪、嗔、痴、慢、疑
仅一秒就变得瘦骨嶙峋
仿佛被恶毒的女巫吸干了血肉
但它浑然不知，浑身依然
充满了力气，只是继续跑
像一道地面上的极光、认知的奇迹
边跑边从体内射出无数的箭矢
边跑边对着众神发出温柔的挑衅
它一直跑，直到雷声轰鸣

天地开裂，移动成为
静止的永恒。终于——
有一瞬间，有不凡的凡人
看到它，变成了上帝
只是存在在那儿，就是
反驳诸多言论的真理
只是活着，就是比一个朦胧的意识
更安慰失败者的无尽善意

往　昔

往昔。词带着内涵
站立在自己的悬崖上
满身伤痕波光粼粼
在未来的池水里钓鱼

往昔。那属于以前的世纪
比梵高的死更深刻的年代
无数鬼影走在梦般的街道上
在你的灵魂里涂抹混乱的色彩

往昔已去，故而叫往昔
只能自省与学习

某日，我站在未来
尝试刺杀往昔，将我
变成涅槃重生后的另一个人

谁料，对未来亦充满敌意的往昔
早已与未来断裂，并告诉我：
"伤口只是伤口，记忆更不是终点。"

白昼里做梦

在白昼做梦，站着
喝下一口水
醒着，进入梦乡
看到了两个我
同时在迷狂
一个我，正伏在案上写疯了
另一个我，正在战场上
对着莫名的挑衅，杀红了眼
却始终没有见到鲜血

我怀疑——

我有猫头鹰一样的敏锐
猫头鹰一样的眼睛
和猫头鹰一样的孤寂

在夜里，我睡了
但思想的眼睛始终睁着
在另一个世界观看

我怀疑，我的灵魂
只是一只猫头鹰

从出生到死亡，都从未踏入人群

自我消失

暴雨之后，大地处处是水洼
就像是雨留给人间的信封
里面写着照水的人，和各种
花虫草木。我仔细看上面的波纹
看久了，就仿佛像极了我
荆棘和枷锁般的心事
正在上面一点点流动，也一点点
在流动中消逝、自我消解
最后，它们随着太阳的曝晒
消失成了一个个仿佛从未存在的密语
就像一个从未存在的我
正消失于我的诸多心事之间

艰难的午睡

躺在床上，头疼溢出房间
嗓子里住着一个敲钟人
他先是隔着空气，用火炬敲
然后，他放弃了火炬
神仙般，把火聚集于手掌
直接用火去烧我嗓子这块
废弃多年的梵钟
直到，透过这无声的梵钟
敲醒我的意识、我的思考、我的
水火不相容的两股
长年在我体内的力量
让它们见面，也让它们交战与厮杀
最后，我终于筋疲力尽
放弃了午睡，坐到了
向我微笑的电脑桌前，打算用文字
去化解自己体内这一切生灵
对我的抗议

光明的悲伤

独自面对风暴，是全人类该做的
也是我该做的——

……这是一种必然。雨一直在下
你迟早要走到雨中
冷与宁静，是一种必然

回想人生的多数时候，大多
都是一个人的脸，那人不是别人
正是自己，夹在一个个今天和昨天
之间。平静和

更平静之间——这平静是悲伤
但也是一种悬崖上的、光明的悲伤

因此，现在的我依然是一个人
在黑暗中、角落里、想象的烛火旁
写下这首不知宿命的孤独之诗

第二辑　比爱更伟大的无欲

抒　情

我从未得到过具体的悲喜，它们巨大如
意念中哭泣的星星
我少年的黑发，总擅自舞蹈些许白丝
这让我惊醒时光并不友善
我只是它的囚徒

我因此放肆地去爱，直至身旁空无一人
只剩倒影。于是我便深爱倒影
那是我的全部，像清洗过的脏火被允许
在时间中卑微地栽种

我只是活着，用活着意欲某种死亡
午夜点香便是男人，触摸即是肉体
我拥有的东西从无重量，和我一样轻盈
在人世中散乱地飘过

自我宣言

我因从未拥有完整的爱情而拥有
铺满于时间的、爱情的本质
我将祝福自己的孤独，永驻青春的少女
在这人世，跟名为理想主义的情人相会

我从不萧条，距离是靓丽的脸
在我虚幻的身体上躺着
说着喁喁私语，水做的梦境中
我因飞蛾扑火而成为
——燃烧不尽的森林

那是你，我所爱的爱
从没有具体的特征，将我深深吸引
直至成为我在人世珍珠般的梦境

替　身

我从没有过爱情
替我献给爱情的，都是我的替身
我的灵魂宛若无物
身体像断臂的四季，这个夏天
我被形容为熟透的樱桃，总面临许多
不符合年龄的伤悲
爱像残忍的记忆，每日为我描眉
我走在充满骨头的街道，接受
各种骨头的侧目。每一个都比眼睛本身
更充满渴望，我的丑陋替我迷惑不解
美丽调皮地离去，跑到我看不见的虚空
我挥挥手，瞬间就作别了它们

比爱更伟大的无欲

精神的远行消解午夜的逼视，失眠之路全部后退
我是书，是诗歌，我像是晚年的里尔克
把他折磨成疾病的一道阴影的那个魔鬼
我是女人而爱着女人，不爱比我低
却比我高的事物，在伊甸园的王国里
我曾用语言摘取智慧果，摒弃了自身……
连爱情同时也附赠，拥有比爱更伟大的无欲
像溃散的众生。坦克般、沙棘般、月亮之手般
炸碎天空中用甜蜜和绝望同时搭建的桥梁
这桥让我永远走不向你，从而把爱恒留在
自我的身上，让我充盈、满溢直至开始感到荒废
啊——巨大的、美丽的废墟！
布满了惆怅诗人高贵、离群、森林般的脸

太美妙了

太美妙了。我的付出毫无意义
像一颗行星，回到它本来的轨道
那样无意义

我喜欢的人，他们都喜欢我
再喜欢我深一点，就都会领着
别的女人回家

太美妙了。我的人生也和这样的喜欢一样
莫名、野性得让人伤感

给 你

今夜我想送你一辆火车，让它抚摸你的身体
我想灌你一瓶鸩毒，却又拯救你
我想让你痛，又想让疼痛的阳光热爱你
我已经没有什么更多的可能了

你看，月光那么白，和我夜间的
尸骨一样，那么好看
善意刺伤我喉咙的时候，命运还在水底
测试水花

我在尘世中奔波、藏匿，直到藏到
命运的海里去了
我怎么知道里面有刀子呢？
我以为我可以承受一切的悲痛
就像那个用真相谋生的男人，一不小心就把
浮起的绝望吞下了

这多么，不容忽视
让我心生怜悯

可我就是怕你的真诚啊

一个楼梯是一次重生，一次对谈是一次死亡
我再不能忽视那些被你轻视的事物
即便对象是我，如此虚无
我尚是一盏黑暗之灯，照耀所有尘世之美
接受你的探问，是我作为眼泪的使命
拔掉那些刺，包括田野间伪善的婆婆
和农民工谄媚地问好，在迷途中演绎幸福
用真诚无限接近我的恐惧
所以把你所有的热情赋予我吧。鞭子、训斥、灭亡
我自造一千颗心脏，都是为了和你相爱

请你爱我的孤独

这么多年，我身体越来越衰弱
仅有的力气，用于走路，用于活着，用于偶遇
喀迈拉。这么多年，我与男人的关系
便是我与鬼。互相戳破彼此的
鲜血与空虚。这么多年，我把自己掏空
献给大海。里面的豹子，吐出的白骨
都是我的幸福。我打坐，忘世，憔悴
我和自己相互折磨。我要超过我
超过我的痛苦、快乐。变成天外之黑
如此便是超脱的猛虎，夹杂柔软的爪牙
看世人欲进反退。我只静看云与我的关系
不断地互换，不断地变轻，不断地把绝望
变成拥抱的云。而我所信赖的丘比特
请你任性吧——你不是偷渡者。你不是低头的影子
你是我翻开的书本，复活的心脏。是我嚼碎的
玻璃片，彻悟的心动。是我爱过的男人，赠予的
眼泪。请你爱我的孤独。我们尚在人间
于你的脚下，扮人。请你微笑接受我们的忏悔
我们已隔绝引路灯与塌陷区，彼岸花和一去不返的魂魄

夜不能寐，想到你

话像钉子，把自己的谨慎刺痛
我念着被拾起的痛苦的咒语
它像天空中被遗弃的牡丹
想到远方有人。用他的拒绝，在我
心上描着接受，种着枯萎之花。于是我向他
靠近，靠近，靠近。直到远离
你属于所有人。我跟在人群的最后面
我是最后面的一枚闪亮的钉子。用刺痛自己
照亮所有人。他们都和我一样
是被你用拒绝征服的爱徒

你们都差远了

灯光昏黄，跟我的心境差远了
男人那么粗糙，跟我深夜的寂寥
差远了

吊灯上的空气，不住地炫耀
它被允许沉默地待着，跟我嘶吼的世界
差远了

我拥有最灿烂的烟花——尘埃
最可靠的人性——背叛
那些幸福，都跟我的持有差远了

可是我此刻，我此刻
在吃饭呵——干着一件极其艰难的事情
这跟你们轻松地活着相比，差远了——

但全是虚妄

是感情耗尽了人，还是人耗尽了
感情。这其实说不清楚
就好像《楞严经》里说的，望梅止渴
的人，流下口水，应该不是来自想象
而是梅子自己流下口水……
这其实和生命一样，都是永恒的悖论
犹如一个万花筒，你看到什么
在于眼睛、心、物同时在那一刻
让你看到了什么，但全是虚妄

多少次，我清晰地知道
我就坐在那虚妄里，朝着注定的错误
下着全部的赌注，只为一场
有关自由的狂欢，并把它称作伟大的艺术

我知道，自己是瀑布
而不是水，也不是虚无
更不是它们二者之外的任何东西……
我要一生胜利于——
因不命名自己，而超越那些
美妙的虚妄，在里面盘旋却终不会难以自拔

我的小男人啊

想象我的小男人，他会比我大很多岁
让时间也为之战栗！

他叫霸道，但在我这里
是躺在我胸脯的幼婴
在外面他坐拥江山，呼风唤雨，目空天下
但在我身边，便是我一个人的俘虏
为我献上理解与温柔的自身

我的小男人啊，你会长着满头
鲜艳的白发和满身耀眼的皱纹
步履蹒跚，但在我眼中坚定如信仰！

某天，所有人都老了

某天，所有人都老了
老构成了对谈和生活
最后的环境。你看到他们
用还能行走的双腿，沮丧于敏感
发射警示你关于老的语言
然后命令你离开一片废墟

难道老不是万物的规律吗？
我有时带着四十岁的心，六十岁
八十岁，或者
是一个已经死去的人
活在 26 岁的躯体里
赦免人与世界的荒唐
用糖纸把它们包起来，锁进柜子里

老了——这是我这两年最常听到的话
帮父母提水、干家务。
从女儿长成孝子。从任性
长成沉默
为更深沉的沉默之泪递上沉默的纸巾

可老了，爱也老了吗？

或许是——但请不要说破。

因为我们还不能彻底老去，与红尘无关

像会呼吸的坟墓一样生活

情人节自语

活着不是破茧成蝶，而是从蝴蝶
慢慢变成虫子。爱曾让年轻的我们
破茧成蝶，又一场中年的爱
让我们，从蝴蝶变成了虫子
我们想爱而不敢爱，让对爱的渴望
横在爱与爱的一堵永恒的危墙之间
直至成为永恒的隔阂。再然后
我们都老了。错失了爱的良机——
想起某一个夜晚我获得过爱
在你的一行文字中，我抓到了
完整的飘忽与错觉，那一刻我假装
爱也完整了。一刻胜似一生
你把所有的光都给了我，包括愤怒与
凄凉的部分，但我一直珍藏
所有的部分，爱不就是彻底的包容？
包括不爱、离去、你面对自己的心也撒谎。

我爱你

我爱你，深到如同失去
在这狡猾的人世
只有失去给过我完整的爱
而我就是那么深地
用比失去更完整的完整
去爱你

平静但也不知所措——
三十年路途太长，直到我
未来彻底懂事的一天
终于和你长成了同一个人
然后咽下满腔泪水
用永恒的距离抱紧我的你

你无法知晓
当我用满身伤痕换来的
最完美的我，终于在你身上
找到了我灵魂的归属地
我每日书写光明。诗歌再也不是
以痛止痛，以毒攻毒

深夜走在路上，恍然大悟
原来爱一个人的最高境界是：
我可以不幸福，但必须
让我爱的人幸福——

但我知道你不会希望我不幸福
给你最好的我。然后你望着我
望着我。望着我。只望着我
在我看不见之地——
即便是用一双疲惫的眼睛，也已足够

我们在疼痛中相遇

我们在疼痛的草丛里相遇，你说：
这片草丛是我偷来的苦水与光荣
你给我捉蚂蚱、泥鳅，教我远离
人类的伪善。累了，我们就手持镰刀
割一割彼此的失语与孤独。有时
我也做一做你喜欢的那种女人，去爱
蘑菇云，去清洗自己可耻的生存。祖父
会从地下送来天国的嫁衣，星星
会来为我们祝酒。我们不需要人世的祝福
也不需要领什么证件，想爱就爱了
想恨就恨了，想失忆就去失忆
想灭亡就去灭亡。没有什么值得留恋
尤其是这玫瑰色的年轻。我知道你会衰老
那是你的愿望，我已经不能为你做太多
唯有满足你的愿望。我身上有巨大的太阳
照耀江河中你奔腾的肉身与灵魂

爱是……

午后无事，翻开两年前的笔记
——那些话都是我写的
可两年后的今天，我仍然在
明知故犯，仍然在两个极端的我之间
亡命徒似的来回奔走
无法获得接近于教堂般的平静
我暗讽自己，得到了大地吗？
得到了。我又暗讽自己
得到了天空吗？得到了
我继续拿语言当枪，问自己
那得到了末日吗？我迟迟不肯回答
我知道，爱是美德，向枯萎献上膝盖
爱是有关自由和忘我的艺术
我知道，爱是当你说出这个字时
你已经忘却了你最初想要到达的那个
一旦彻底到达就会使爱全盘皆输的地方

神圣、平庸的爱

我沉浸在格雷厄姆的《众多未来》里
想写一首诗。一小时已过去
家中无人，我独自在词语的森林里穿行
沿途看到了，长犄角的雾
会说话的树，和使劲吞食沙子的老虎
但它们都不打扰我，均甘愿成为
我生动的题材。我继续在里面走
不久后，父母回到家中
美好的寂静又一次被现实打破
但我仍然硬着头皮，在词语的森林里走
就像一个明知在梦中的人，不愿梦醒
任魔鬼和野兽撕扯那个幼小无助的自己
最后，母亲闯进我的书房
命令我终止阅读、写作
说父亲已为我煲好了汤，正等待着我
品尝和赞美的嘴唇。我终于放弃——
合上了书，停止了词语的漫游
把所有唤醒的诗意通通放弃
先是想起来我是谁，然后又想起来
我是一个父亲的女儿
我们都需要神圣又平庸的日常之爱

永恒之吻

女人吻过石头的身体
像天空用灰烬和雾霾爱过它自身
背叛它的部分

只有这样的吻才诞生了爱情
——不会停止，也不需要
向世人提供相恋者的姓名

时光车

1

我已经二十二岁了
我的体内有永恒的落日
我的落日是永恒的爱人

2

我承认：我有惊世骇俗的词语
和用词语做的哲学的眼睛
不同的凶器，借你之手打开我
荔枝般的身体。你已经破了我的元神
我用残破爱你，如你也这般爱我

3

夜晚我变成有翅的蛇，在云上奔跑
我摘下消失的太阳，在自己身上贴满金色
我知道你已经回到月亮上去了
我知道我已爱你爱到超出了月亮

我将不得不开始

我将不得不开始
用放弃爱去爱你，在静止中
我们移动色彩斑斓的心脏，庞大又
空虚
像两根针亲吻彼此的肉
用互相折磨，深情于从时空中
脱身的棉花诺言。偷来的坠落
如同星期八燃烧起舞的半边身体
带我们腾飞在死亡的孤独之上
连带燃烧存在的人世假象和你
体外的你，那是真正的你，抛弃了
沉迷于存在的该死的你
你消失于巨大的爱中，追寻苦果的
情人。我消失于你的消失中
我将永远在苦果中幸福，一根
用凋落绽放的刺，不需要任何多余的
心疼。像樱桃般失聪的昨天
并为此长出
焚烧不尽的翅膀

幸福曲

你是我的敌人，深夜的呼啸
用吞灭与剔骨，赐予我虚弱的礼物

我不是我，却暗藏你的意义
你的灵魂，让我的肉体如四月杨柳
感受人世的手掌
这火辣辣的手掌，不断残缺又修补的手掌

而如今，荒谬也是幸福的一部分
你也是我破洞中间的一部分

我抱紧的是智慧

这样的发生才有闪电的意义
当我抱紧的不是男人，而是具体或混乱
的智慧

我抱着的肉体，他必然要挂满人世的尘埃
金子般珍贵—— 让我
无我地着迷

当我躺在宇宙的眼皮上，像无意义和有意义
的男人
对称地躺在荒谬的肚脐眼上

我们——用自我的混沌相爱
像铁树通往镜像之果的伟大之恋

我爱上了一头牛

我爱上了一头牛
在去巴松措的高速公路上
它挡在我们车的前方
像个壮汉一样挺立不动

患有糖尿病的司机师傅
向它反复按下驱赶的按钮
我望向它深沉的眼睛
仿佛在为我诉说它那忍辱负重的一生

我爱上了这头牛
在我们的注视下
它慢慢走向路边，走下山坡
天地间只剩一个背影在漫天飞雪中摇晃

那是我爱上的那头牛
它将替我永恒生活在这片荒芜的土地

岁月会证明何为得到

年轻时，执念常常侵略我们
为一场爱情，甚至可以甜蜜地赴死

后来，活着这项最伟大的艺术
已令我们筋疲力尽——

很多人都散了，很多爱最终
都没有结果，只剩下一段黄昏般的记忆

再后来，我们不断失去
获得的具体越来越少，只有精神越来越多

慢慢我明白了爱，但为时已晚
想一想，我也是个年过半百的老人

我想告诉大家，岁月会证明何为得到！
在你每次无助地躺在末日的沙滩上

一些远方珍贵的语言会为你送来安慰
他们无处不在，超越得到，跨越生死

第三辑　众生喧嚣的时代

独善其身的幽灵

天上的白云很多，但我只能看到
最孤独的一朵。地上的树木也数不胜数
但我也只能看到，最孤独的一棵
活着的人来回奔走，我看到的
是最孤独的修鞋工、街上独自崩溃的孕妇和
颤颤巍巍拄着拐杖、只身回家的老人……
这些人、事物，在我眼里
都比那些声势浩大的队伍
更像一盏，照亮人内心荒芜的灯
其实，我迷恋离群索居的高贵
胜过合群的平庸
因此，为了让我的每首诗
拥有独立的灵魂，我在生活中
也必须，是个独善其身的幽灵

去镇北堡影视城的路上

在去影视城的路上我什么都没想通
想通的唯有，人世中未了的牵挂
在身上蝴蝶般拉扯出美丽的血
不考虑丝毫的折扣与改变
生存中隐秘的激情，都在智慧的路途上丧失
爱情是甜蜜做成的毒药，一旦被反噬
必定粉身碎骨
亲情也是磨合的艺术，人类因迁就而共存
完美只是自私的设想
沉默不代表暴力，多话不代表无知
路上遇到的几个孩子，他们眼里的白
也让人只愿意设想，他们退到诞生时的无限
如头脑的雪地覆盖的人间
景区筷子下已死的青菜，用烫嘴
呼吁自己命运的
悲惨，惩罚舌头的和平
身边快乐的笑脸如土地一样数之不尽
像刺目的冷箭，一万次临幸自己的身体
穿着古代侠客衣服的现代女人
摆着让历史都摇晃的
影子，倔强的表现欲像是

芸芸众生朋友圈里的灵魂

我紧闭着嘴唇，想着躺在自己身上的记忆

和多个清晰的事件，最终在无数想通之间

连内心也慢慢失去了声音

西夏王陵

一个国家的朝代，是近两百年尖叫的繁荣
一个女人的朝代，是瀑布身上的刺

一种短暂的永恒，是意义信仰的真身
一种绝对的优雅，是让想象长活的药

一个人的相信，是比不信时更大的孤独
瞬间俘获的开阔，是绳索穿戴着友好
恐吓力气，加速紧绷

一首诗，是一片心事的无力
一个宇宙，是窒息将至时的一小块缝隙

一双隐形的翅膀，是把自己坠向大地的难返
一个结尾，是一种拥有的突然失去

真与假

我独自坐在酒店房间的窗口
像个远古时代孤独的国王
看楼下的夜市，人群来来往往
像一茬又一茬的青草
总有一些后来的人替换先前的人
总有一些椅子从来得不到休息
现在是繁华的六月，也是疾病的六月
人类无限消磨着自己
男人们在酒桌上划拳，吹牛
一下子就会到深夜
欢乐的折磨，像水必须在河流中滚动
于是就坐在了天堂的门口
下午拿着扫把的清洁工老人，也微笑着
像一颗透明的星星
用清澈的眼睛给予我巨大的平静
这里的一切仿佛都很好
思考制造的磨难是真的
我们看到的人间，邪恶的部分皆是镜面

迎接 2021

在黑漆漆的光明中，我们已
随着沉默的灯盏和掌心的火焰
剥开那迷惑人心的黑暗和它
带给人的不易察觉的美妙音律
当活过一定的年份，神让我们知道了
苦难不过是人类的孩子，从来不是
真理的母亲，从今夜之后
我们要跟它达成和解，并约定一份
迷人的友谊；我们要把自己化为
一片暖洋，做整个在沉浮中坚持生存的
人类之友；我们要：放弃的继续放弃
深爱的继续深爱
让痛苦醒于平静，让欢乐融于鸟鸣
做最后一滴温暖的眼泪，最后一朵
熟悉各种心情却永不凋谢的花
我们要尽情唱歌，望向星空的深处
热泪滚滚、内心住满感动的眼睛
等待新年，如等待一个童话般
降临在我们受伤却始终相信世界的
一颗颗苍老却从未长大的心灵上

众生喧嚣的时代

众生喧嚣的时代
一堆名字代替一堆人站在那里
或这里，细看去许多名字上
都有着流水、菩提和金色的身影
但还有一些名字，白骨般
四仰八叉地躺在那里
仿佛名字就是他的棺材
每出现一次，就要疼死一次
就要让所有的看客
陪着他一起，冷漠又深情地死去一次
其实，每一个名字
都是一个人的墓志铭
不过是有些人在借此生生不息地生
有些人在借此源源不断地死

仍不够惊心动魄

万里都是冰雪，眼睛被刺得生疼
——但仍然不够惊心动魄

人们戴着遮阳帽拒绝那太阳
人们穿着羽绒服拒绝那寒冷
人们跑来跑去，拒绝那低沉之雪的忧伤
自顾自地狂欢
把雪景，装进相机
再从心头过滤，成为脑后遗忘

人们被雪滋润活力，而无法滋润雪
那很美的雪——更美的无法抵达
在看不见的远方

像一种绝对的、寂静的哭泣
矗立在偌大的白昼上

虚无的年轻人

虚无的年轻人
在坠落中，大放异彩
一次次，我想看清他们
——那些令我又同情又羡慕的
年轻人，把夜晚活成白昼
把空虚活成幸福，把散落一地的我
用偏见活着我对我的诸多偏见
那些年轻人，在唱，在跳，在喝酒
在一次次，对自我的放纵中
找到不需要"我"的快乐。这一切
在我的虎视眈眈之下，如此扎眼
又如此，茫茫大雾般什么也看不清

终于明白

街道像个梦

人们消失。金黄色彩

银河般落下

我拉着我的晚年

痛哭流涕，却表面平静

几十年已过去

回忆充满痛苦，回忆

就是痛苦。现在的生活

已足够美好

可回忆是断掉的肋骨

看见了未来疼痛的诗

至今我终于明白

为何一些浑浑噩噩的诗人

可以在欢乐的场景里游泳后

同时从回忆的隧道里走出

写下几首烫伤眼泪的嘶吼

布达拉宫之夜

自制湖泊倒映着巍峨之姿
傍晚独自在布达拉宫广场久坐
冷风像是我的丈夫
万千灯光如同亲人

我高仰着冰冷的脸，
如同西藏仰卧的魔女地图
去理解一切的虚妄
——而虚妄就像大象
瞬间压倒了一切的坚强

当我尝试安慰远方我就
意识到真理：凡是我想安慰的
我都安慰不了，而我能安慰的
也都不需要我去安慰

面对傍晚的布达拉宫
我俩都显得有些疲惫
无数人曾路过我们但仅仅是路过
真正的安慰无处安放
真正的呐喊在躯体里自救

陌生的朋友

在餐厅里，我吃着砂锅
想着自己手机马上没电，从而准备
先行付款，但老板说："别急!"
然后从抽屉里，为我递来一个
插着天使翅膀的充电器，并为我
安排好距离插座最近的位置
我微微一笑，一朵温暖在心中荡起
这时隔壁桌正在说话的三个工人
其一突然站起，拿着碗筷、水壶
向我缓缓走来
他穿着工服，上面落满泥土
从大片的泥土中，我仿佛看见白日的他
为了生活的大汗淋漓
——他就这样，带着无数重复的白日
向我走来，为我放好碗筷
倒入一杯茶水，并自言自语
考虑是否会凉，而伤害到一个女孩的胃
他上一秒还在喝酒，吹牛，眼神犀利如剑
可这一秒，他为我绅士、优雅
仿佛一个我想象中的父亲，或者一个
从天上刚刚归来的友人

不属于他的灵魂

吸烟的男人走在路上
吐出一团团烟雾

烟雾形成男人的灵魂
飘在他后方
注视着男人的后脑勺

某刻它像云，某刻像豹子
魔鬼。在一次变幻中
吞下了那个男人

男人不知真相
像个梦走在现实的预谋上

所以只有空壳在走
可能在烟雾的灵魂诞生之前
也只有空壳在走

男人的背影消失在了那条路
只剩不属于他的灵魂留在了路上

抚仙湖

谜团惊扰了船只。后来者
在水上摇晃，湖面是镜面
水底的木乃伊，看着在船上
尚可呼吸的木乃伊

耿卫的灵魂化作一团清澈
融入深水，与蓝鲸号
共同生活在滇国，用死亡的生
不再回到我们这个世界

尸库累于承载尸体，尸体便
浮上来，惊讶着渔夫们的认知
金字塔在水下晕眩着水滴之眼
斗兽场里两头水怪不停争着输赢
尽管它们的生命只是雕塑的谜语

1992 年至今的岁月，也等于
两千多年前至 1992 年发现的岁月
我们在玩水的神圣，水
环绕古城给我们神圣的清洗，我们与谜团
在永远追逐不到的距离中相遇

野象谷

野象杳无踪迹，它们消失在了
另外的热带雨林

但仍有几十头大象，带着
聪慧的大脑。在这里
踢足球，投篮球，亲吻人类女孩

它们最初也是野象，或有野性
后来成为俘虏
再后来，成为大象界的明星
思考着人类的思考，动作出自
人类的需求

某只大象戴上了眼镜，坐在那儿
像一滴快乐的悲哀
看着人群，背后站着一群象

在表演中人们获得虚假的快乐
转瞬即逝的永恒，在冲动的喉咙里
停留仅有几秒

这些象构成了野象谷的名词
远赴此地的人，欣慰于
大象们的疲惫所能给予的全部

勐泐大佛寺泼水节

乱溅的水珠将解放推向极致
人们在高处跳舞，就像会飞的水

铁盆盛满了燃烧的意志
用力一泼，一团团火
点燃了身体，熄灭了灾难
人们尖叫，就像一滴水的自爆

很多人站在外围参与着解放
笑声仿佛来自云朵的话筒
直通天庭的声音
更多人像是文火，自己煎着自己
但向往燃烧比燃烧更甚

整个空气飘浮着圣洁
整个环境延伸至天边及外太空
一滴水包裹着大地
一池水或所有水是一滴水
人最后成为使人间圣洁的动物

人性的分岔路口

几座雪山傲然屹立在天边
我坐着雪国的轿车，在离它们
越来越远的方向上
越来越近地走着
半小时前，这里曾有一场雪灾
几十辆汽车，在雪不知其因的算计下
被困于原地，发出沉默的悲恸之音
与此同时，交易、咒骂、无奈
以及几个对万事漠不关心的年轻人
和在雪地中跪着装防滑链的中年男人
也都在同一时刻
又朝着自我的方向，大迈了一步
这让我明白，往往在大难当头
善良的人，会更加善良
罪恶的人，会更加罪恶

度　量

你以你的灵魂度量别人的灵魂
你以人类之心度量人类之心
我最不喜欢表演征服或被人信服的词语
两股歧途的力量，不断地用背离靠近
我该怎么说破——

一个被吃掉的蚌壳，一个淹没头颅的海
很多都给你看见了，还有我在夜晚的样子
也给你看见过。可是你还要我解释
黑与白、罪与罚
我始终不是专业的戏剧演员——抱歉

如果一定要度量，我希望你，用大树
度量一棵病危的草。用人间，度量
一片沙化的湖，用我，度量
你看不到的自己——

高　度

一种稳定的高度，不是伪装的高度

它不是一只鹰，恒寂地在高空飞翔

它需要从罪恶里，掏出还未长成的孩子

用祷告者的清亮，塞入永恒之火濒死前的忏悔

被虚构成这么多年，一切莫须有的东西都显得多余

孤独，庸常，个我主义

和一团云雾静坐，握手，道别，背对背

陷入即将失去对方的，痛苦之中

同时，为了不那么快让五官住院

把自己放在一根钢丝上，假寐

遗忘身边垂死的云雾，向它们吐烟，用苟活致敬

我们不需要再去争辩乌托邦，

或者生活和生命，到底谁是儿子，谁是父亲

这一切，只有闪电的反骨知道

影　子

影子里，住着三三两两的人，忘记了造脸
如死亡，忘记了活着。我们在不同的侧头里
分辨一张张没有脸的人，直到一条长龙
用寂寞，穿过所有虚无的人体
被看破的真实啊，你赢于体内的五谷之气
却输于一场，虚无的伪辩

忍野八村

和爱打官司，输得一塌糊涂
在忍野八村，把自己藏于一块易碎的豆腐
也最终被人类搅得不堪

我想走到云上去，像我亲眼看到一个我从云上
走下来

万物祥和，仿佛没有人不是完整的

抵达之夜

一夜未睡的方程，只允许我计算出
虚浮与昏沉。心如羽毛，却背叛了
江水里纯洁的鸭子，天国中隐藏的教堂
跟时空胶囊面对面，它让我张口，交代
这些年的罪行：多少岁在内心放火
多少岁丢掉灵魂，曾经的愚蠢
又是否找到了丈夫。我仰头大笑
哈哈，不过是一棵打了激素的树
被倒影拉扯得摇摇晃晃，庞大的身躯
吓走了一群摆出鄙视的蚂蚁。午夜的攀爬
用鲜红折服了经久不衰的桌角
我该怎么赞叹，自身棉花般的进攻
从天国扔下的救赎之绳，磨损了我
仅剩的肉身，变成了青春期的沙漠
鸽子从远方飞来，一尺距离，我的手
永远够不到它的心灵和羽毛。只发出
虚弱的信号：我爱，这触摸不到的一切
赠予的罪恶之身——

我不知什么是爱

你真明白什么是爱吗？

你、你们，还有我

嘴上念着广阔，行为却是占有

新闻里不断弹出

夫妻离婚、恋人分手后

互相诬陷的丑闻

好像下一秒谁都会是个疯子

可满大街正常的人

在那儿做买卖，看笑话，围着下棋

谁也不像一个疯子

爱——

为占有而接近，分离而仇恨

这真的是爱吗？

一下午，我都在转山

问自己，问世人

可，两颗相爱的心

不渴望，不占有

那又是爱吗？中途一方不爱了

另一方没有伤感，微笑着离开？

太复杂了，我仿佛有时知道了什么是爱

可我更多只是个人

上帝命令我体验那些折磨人的复杂的感情

老　伴

在草坪上吹笛子的老人
已为他那老年痴呆的老伴
吹完了一首属于春天的歌
他的老伴，全程
坐在比三亚更温暖的金黄木凳上
享受着春日的爱抚，也享受着
燕子飞翔般歌曲里的阳光
他们那安详的样子，仿佛
已经在这片土地上
恩爱了很多年，也远离了尘世
很多年，就像两片在空中融化的羽毛
这两个超凡脱俗的灵魂
后来，一个是笛声一个是唱词
一个打算把另一个搀扶到天国
就抱着她飘飞的蓝光自我了断
一个像水中飞鸟一个像空中鲋鱼
不是你照耀我，就是我照亮你
就这样，度过了
连头顶的太阳，都显得多余的一生

堆蝴蝶

冬天，所有人都在堆雪人
只有我，带着满心的痴念
想堆出几只蝴蝶……我知道
蝴蝶的翅膀，一定要如不倦的太阳
永恒照耀着它那小而丑陋的身躯
我知道，我堆出多少只完整的蝴蝶
就会有多少活着的冤魂、沉重的肉身
感到心头突然一轻
仿佛被一片落叶，撩拨了自己
闭塞又虚无的心灵
想到这里，我准备加速
堆好这几只蝴蝶，并且
用落在我身上所有的雪
作为放飞它们的童话，看着它们
一点点，飞高飞远
永不回来，飞在我们尚未去过的人间

轰轰烈烈的孤独

人老了，孤独便成为新的心脏
得病了，慈祥是布满全身的脸
眼前这个得了脑梗的老年人
他推着助步器，如受伤的豹子般
步履蹒跚地，用了一个小时的时间
走完了一座并不很大的公园
从他这一日的孤独、乱舞的白发
布道的眼睛、皱纹里的海
我仿佛看到了，他这一生
全部的孤独已经堆砌为一座
只有他才配进入的、孤独的暗堡
在风中哀号，也在风中发出微弱的火光
——这份连我都安慰不了的孤独
无法靠近的孤独，遗址般的孤独
终于，在日落之时
慢慢走远了，又虚构般走近了
到了明天，我坚信
他还会来到这里，把这份孤独
再轰轰烈烈地上演一遍，就像
人这一生的狼狈，对着死神流泪的每夜
都仿佛从未发生，神话般动人

永不消逝

几百只孔雀，从西双版纳

无边的原始森林里，腾空而起

隔着手机屏幕，像一幅触手可及的油画

镶嵌在，我单调的眼眶里

这群迷人的孔雀，展开一双双

比童话，更完美的翅膀

它们只是飞，目空一切

仿佛要从天堂，飞向另一座天堂

不必担心，那些折磨人的疲倦、疼痛、衰老

它们宛如一群女神，一直飞

鲜艳地飞着，高傲地飞着，心无旁骛地飞着

在我手心中，这一方我无法触摸的天空中

一个人的天堂

一个男人蹲在医院楼道里，看起来
有些可怜。他捧着他受伤的手臂
仿佛捧着他受伤的心灵
他一动不动，只有眼睛
——深邃的静，但我从中读出的
是对人世顿悟的奔跑
很久后，我故意没走
他也并没有发现我，而是把注意力
集中在那奔跑、那断臂、那没有人注意的受伤
并继续允许自己的灵魂，从这座医院里
兀自飘远，仿佛没有痛苦的自由
飘回到了属于他一个人的天堂

第四辑　道法自然

写给太阳

早上，太阳比闹钟更早地

叫醒了我们，它藏匿在云朵的深处

看上去，像一座梦幻的宫殿

在替每一个必将腐朽的肉身

更长久地庇佑我们

有时，太阳也像一条河

在夜里，淌入我们的梦

洗净我们，生而为人的恐惧

有时，太阳也像命运

它提醒我们，活着

就要一直发光发热，无论

多少生活的沙砾，曾经涌入我们的肉身……

太阳啊，我愿自己是你

没有泪水，只有汗水

没有一丝骄傲，但始终与人群保持着

高贵又善良的距离

在巴松措

到达巴松措的岛上
小溪在树木间流淌
汹涌地　仿佛理应汹涌
经幡装饰着苍老的树

人们围着经幡塔
顺时针转圈
三圈即抵达了诉求
从极冷里取回了极暖
脸上挂着满足的微笑，细看去
只是一朵朵微笑

暴雪、冰雹、湖边藏民的火堆
万物仿佛定格了
大雾包裹着群山
如死寂之美狠狠包裹着我

一切结束了，回程路上
眼睛里又要落满飞雪
直到在下一个春天才能被重新擦亮

无人区异想

这里的荒凉，足以表达最美的沉默
宝石般的石头，一个挨着一个

一个自然主义诗人，站在两块
巨石的中间，像开启废墟的按钮

他跟着一群沙砾般的人们
行走，行走，直到把疾病还给大地
把对城市的厌倦赠予枯木……

拿着拍摄沙尘的相机，喂食饥饿的狂风
给这里所有的荒凉，一个最妥帖的交代

尽 管

我是其他，那些不灭的尘土中的灵魂
在夜晚，我穿过思想的白昼
——顺着时辰的哈欠，虚无哲学
等待那巨大的无意义的降临
成为我疲惫中的光色
裹携我思想的常新进入多元的情感宇宙
锻造森林的四肢，雕刻平庸时间的眉眼
用光荣的死亡移往
新鲜又古老的曙光。——它是真的
因梦境般的存在成为唯一的真实
我唯一的不死，尽管我不认识我是谁。
尽管万物也是困惑。
成为绑在我们身体上永恒又具体的发筋

诗之思考

想象力不是最终的君主
犹如一个被盗取了珍珠的海蚌
散发的魅惑之光。但思想力知道
那并不代表什么——

斗争在寂寞中开花，人类
在堕落中飞升。日日高举的危险之美
是少数人偏爱的午餐

我们盗取了我们，时间沦陷了时间
深情眷恋叹息
希望为反向之美蒙住双眼

未来——终于赢回了失眠

写的执念

我只写我想写的
亮剑或是捧上鲜红的玫瑰
不为任何与之无关的事
不为任何自己
当才华属于神而
不属于自己，我只是神的一支笔
一颗渺小的尘埃，在没有生活的
生活里旅行
我根本没有生活，也没有自己
我只写那些无意义的
像我的意志一样，在分裂的光荣中
完成一首首力量的诗

论追求

诗人追求着诗歌的诞生，那么
诗歌在追求什么？
加速奔跑的词语，有时
并不能抓住我们的内心
薄雾比量尺精确，令人类
得到无的真理，接受水般的朴素
变成它部分的荣耀

我爱没有归宿的蒲公英胜过
永恒的这片土地
任追求的无妄打翻我慌乱的手掌
书房像一个王国，而我被埋没
它们的理想是将我吞噬
而它们做到了！

我冲出这片囚场只为去往更宽阔的囚场
不写诗正是为了靠近诗
它需要时间诉说自己的语言
而我书写的手只是在为它代笔

论意义

如果你说这句话是有意义的
那些正在进行的是什么？
如果我用这句话活葬了你上一句话
那你愤怒的嘴唇又代表什么？
如果我现在老得像一个怪兽，但生活
永恒暴打着我的理想，那失去的
是否可以称之为值得？
如果我不是我，而是自己的丈夫、情人
自己的女儿、母亲
是被你踩死过的蚂蚁也是被你艳羡过的人神
是你仰望的哲学也是你鄙夷的现实主义
是黑色的星期天也是樱桃色的爱情
是你的厌倦
所给你带来的享受
用理想主义整日打捞着你的贫穷
甚至像个败类
可怕的虫子，整日跟自己作对的傻子
跟智慧较劲的无知者
用怯懦鼓励自己的无畏者
我永远走在人群的正中，像个美丽的骷髅
我告诉自己这充满了意义

我的意义生来没有语言，像个臭烘烘的石头
只永恒流着红色的眼泪

伟大的凌晨三点

有多少熟睡者就有多少失眠者
有多少幸运者就有多少苦难者
有多少罪孽就有多少饶恕

疲惫的火车笛声路过整个夜晚
我被凌晨三点的笛声紧紧捂住
脑袋休息的渴望和在缓慢中被迫加速的列车

时间好像静止了
它在和自己的过往做一个了结
黑夜的海浪在远方翻腾，我的孤独也静止了

现实的结局令我像一个潇洒的瀑布
无视所有阻碍
直冲而下获取自己在夜晚的
纠结的滚石与混乱的荣耀

……一切无关牺牲
痉挛的木兰花般在黑中散发着灵魂的芳香

我所知道的

巨石的怒啸并不能激荡

我内心的湖水

狂野的风暴也不能——

我知道什么是我该说的

然后用石头表达出来

内在的火焰紧跟年龄的船尾

一切无可避免又趋于胜利

我踩着比鸟儿更轻盈的步伐

去未来找寻自己的神灵

它迅速奔跑的冲劲像极了宿命

但一切并不伤感

像快乐一样浩大且虚无

现在我属于全部时间

我把所有的时间抛到自己之外

躺在疲软的沙发上

强行哼着宇宙

从思想的田野中路过我所看到的一切

塑造希望的万物，虽然并不能
改变这里的任何东西

论时间

时间清洗了一些人的心灵

但时间和我之间彼此无法冲洗

因为只有我知道，它是个谎言

只有我鼓足了勇气，终日和它对立

并从它强势的命运罗盘中，转出自己

虚无般的色彩。时间，松针般

落在无穷的噩耗上

或许它也曾经住院，而陪院的

仅仅是无用的哲学与病房

若生命不能从死神之手抢回来，始终不能！

那珍惜时间也会成为笑话

虽然它是我们——全体人类的母亲

孕育了快乐也孕育了悲伤

至于肉体，只是两者之间一个裂缝罢了

写诗就像爱情

不去思考通往诗歌的钥匙
才能诞生诗歌。这当然不是指不思考
而是指要让心乘着直觉的船
任这船把我们带往任何一个已存在
或未存在的国界。写诗歌不能带着包袱
它内部的沉重其实来自轻盈
这轻盈也包含痛苦
但并不是轻盈本身
并不是一张对颜色没有执念的白纸
在自身勾画凌乱而痉挛的线条
很多诗人在后期的写作中丢失了冒犯
妥协了闭嘴的传统
是的，做人就该这样温和
但诗歌不该是这样
写诗不是为了拥抱，而是为了戳破
这戳破才是温柔
就像爱情，更是分手后的那一刻彻悟的暖
而不是刚刚开始时那种虚幻的甜

我爱这样的清晨

早晨，我提起体内的一桶冰凉
它顺着熬夜的隧道，精准到达我体内的空房

越艰难的夜晚越令我炽热
像一个人的年轻史，盘旋在乌云的上空

我捂着后来痛苦的肚子
接受所有疾病的馈赠，在午夜唱歌的人
最终只唱出了沉默

我爱这清爽的早晨，由透支的昨夜所构成
我爱透支的昨夜，撑不起我前半生的负重

我愿只是一头玄武，被众多的人类所消耗
在无数的白天或夜晚，进行宿命的一再解剖

绝　笔

一支毛笔，寂静地躺在
自己的痛苦之上
用互啖的灰尘，描述不可抗拒的沉默
它未曾打开世俗烟火，却用比世俗游戏
更多的方式失身
它未曾抽离末日风光，却已在
一米高的深渊
向着自己的背部，提刀

又是一场自绝
用歃血之盟遥想坠落、熄灭
去而再返的吞噬
墨未蘸，笔比夜黑
它把一朵白云吞进腹中，安定
灿烂的绝唱

多少的空白，需要一场
二十年的赴死续写
一切无法证明
除非不断地奔跑，向着生的
反方向

边缘化

菠萝蜜，请把康拜因吞下吧
读心术，请把洛丽塔吞下吧
我这盏垂吊的孤灯，尚且照亮一片风水
几百种心境，还在听我上课
一片一片的年轻，用野心居上
我后来在屋内，修炼的自己的铁
不要忽悠我，这几经变幻的空蒙
从我内心带走的候鸟。飞吧，飞吧
一片雾水还在飞，塑造自己边缘化的美

始 终

寡淡的事物，以摧枯拉朽之势
削薄我身体内的火车。夜晚的板凳疼一下
窗口就稀释一下，连带几只残废的蝴蝶
绝望用它的四肢探出头，打开
窗外迅速变暗的田野，奔腾的马匹还在
被一个牧人的忧郁，砍伤

我在千里之外，座位的硬度如一把刀子
又或是一面镜子。先后砍伤我的灵魂
照耀我的丑陋。于是我拿起一杯热茶
敷伤口，旧伤未好，又被热茶的滚烫
添新。始于出生终于死亡
被动了多少年了，此刻却让你以死势
口吐红莲，让突破传宗接代

允　许

我允许你靠近那些用骨头行走的人
允许你向月亮退回自己
出自星空的尊严
允许你做一个被万物喜爱的小丑
允许你一次性吃完一生的粮食
我更允许你有大海的自由
在心里藏下众多河流带来的秘密
允许你，在绝望中
像我一样，爱上尘世所有渐渐收缩的背影

我到过那个小镇

我到过那个小镇，因斯布鲁克
那天，雪下得和我的壁垒一样深
驾马的人从我流泪的眼角晃过
我的动脉跳动，蓝天跑下一万匹骏马
我不束缚自由，把自己从监狱里放出
这次不管是癞蛤蟆和青蛙，我都愿意做
这次不管是打开还是关闭，我都不恐慌
我要把那些树木弄败，那些阳光弄暗
我想赋予自己忧郁症的解药
忘记那些跳跃的海豚，刺目——
我想看看身边的男人，深情的眉目
安在我的断骨之上。如果允许
请让我再用身体看一眼那些最深的海底
有漩涡的部分，构成我人生的美好
我爱海，被盐巴充满的
我爱铁，被生锈纠缠的
可是还有那么多个我，都被谢而再兴的自然爱着
这多么令我痛苦——

那些背影

我看过自己的很多背影，在即将掉落的悬崖
你是那么轻盈。背着蜗牛、房子、面包
料想盘缠已经足够——我不推你下去

我还看过自己在深夜的海边，那个听海的背影
很奇怪，听着听着，海水越来越激烈
你的思维，沉静地充满了杀机。你，
躲避那个迫切寻你的男人，心中默念：
"请再给我十分钟——"
再给我十分钟，我就能活过今天
活过今天，明天才能不远
我们才能继续跟破碎，形同姐妹

可是你还是打开了恐惧
篝火晚会、兔子舞、小情歌
你把它们高高捧起，如捧起你的痛苦
你不该抱怨那个男人，再多美好
都美不过内心的荒草。他已经做到极致——
而我们所要关心的，是今夜的粮食
他们已在海底的怪物嘴中
一并吞噬着你的灵魂

颤抖之夜

一个女人，紧紧抱着自己的头颅
有时她隐藏了自己的五官
母亲回来的时候，她关闭门
把对人类所有的恐惧都挡在外面
坐在星光漫天的窗台边
她和救赎深情地对谈，忘记尘世的机会成本

我们都是空白的纸张，在行走的污迹中
我们纯洁得仿佛一个不曾犯恶的人

疯狂地吞食硫酸，这个夜只属于我们
不用再去屏蔽那些数落你的善良，更不用以虚伪入伍
我们高举自己的身体，跟数亿颗星星跳舞
我们远抛自己的灵魂，让它回到自己的故土

虚构的房子、和谐、谄媚，也一并抛去
当作我们的口粮，不时地让自己被反刍
我们深深地颤抖，抱头，欣赏罪恶之美
荀子在我们的眼前，"人性本恶"就在
今夜我们尽情地打开，让很多缕月光进来
照亮自己的身体——

尚　且

需要按下去一个心脏，不被夜晚的恐惧打扰
需要高高捧起一种痛苦，不被女人的哭泣拥抱

我戴上一个耳帽，是为了隔绝粮食的热，隔绝生，甚至死
千篇一律的伤害，在你热情的赋予里，我们都变成伪命题

我遗忘了太多书本，在夜里
我遗忘了太多自己，在命里

不被死亡眷恋，我们还有荒芜的土地，还有十字架
可以在背部的伤痕里，开花

如果你有一根蜡烛，请先照疼我的恶——
如果你准备爱我，请先接受我满身的垃圾——

在有土地的地方，我们都是无处可去的人
每个角落都有我们的罪，那是我们对人世深深的爱

尚且让空气成为铁，和我们的肉体一样
尚且不需要爱恨，在自己无法解决的自我中

我们没有更多选择，优秀的男人、生活和米饭
我没有卖掉尊严，为了更好的生活
我们还在写诗，所以跟生存这个词语毫无关系

尚且需要一种刀具，我们需要变成更好的自己
刽子手、自白书
我们在所有的痛苦中，都不失聪
我们在所有的美好中，都已耳聋

在飞机上看落日

我在云上奔跑，不断地靠近落日
远处是湖泊，是一个人走失的眼睛
神说："刺向它，你就可以复明!"
我尚且恐惧着，自己穷极一生难以举起的挚爱
在这个过程中，我刺伤了手指，折断了腰身
感受了疼极无知的幸福。我不曾怀疑自己内心的海
不曾怀疑自己一根枯草的身份
它们从未被吹过，形同我从未关心过人类

那些夜晚

我从没有看过母亲，她在每个夜晚的氤氲中来回抽离
第一次下雪，我踩疼了一片普通的雪花
母亲在远处哎哟一叫，那一天我的青春开始下降
玩蹦极时，母亲给了我恒河之泪
所有的皮肤瞬间填满颓废的纸张
果决在矛盾中断裂——我所追寻的虚无
都被母亲荆条般的肉身拾起，为此
我变成了一个瞎子，和痛苦之鸟一起生活
没事时，我练习下跪
再没事时，我会去上香
这些让影子都颤抖的事物，我想母亲会喜欢
远处有邪恶，也有我抛弃的善良
这个夜晚，我们再次以折磨深爱彼此
以不懂解释彼此的灵魂
我给你最优秀的米饭和床单，让你衣能蔽体食能饱腹
治愈你的白发，用我破碎的心灵

这么多年过去了

你还在奢望可以抱着
白云，如抱闪电——爱着
微微倾斜的人世，如爱分裂的
自身。痛着，永不凋谢的假花
如吻着一场婚变。你的孩子尚未出生
你便已开始练习割肚皮，想为它下一场
温馨的小雨，它每在未来踢一下
你的绝望就步步高升，变成更大的绝望
你早已不屑于疼痛，甚至忧伤
夜晚惊醒的噩梦，都是美丽的泡沫
你和他们互相追逐，如求爱牧人的利刃
这么多年过去了，你的双腿依然贫寒
需要盖着破烂的棉被

而一切围绕我的

而一切围绕我的，比如数字
我无法读懂的自作多情者。比如男人
我躲避不了的自然灾害。比如亲情
我绝处逢生的枯草。再比如——

那些可以触摸到的事物，比如宇宙
我经年的家乡。比如虚无，我夜夜宠幸的
爱人。比如深夜，我热忱多年的美酒
和——

钉在十字架上的人，我的分身
背部长出的蝴蝶，我的缥缈
年少放飞的蜜蜂，肿起的悔恨
和那些伸手抓空的事物——

两个诗人的对话

两个诗人对话，一个有着平静的语言和
躁动的内心。一个有着它的反面
其中一个说："你没有准确的判断，在美好的年华
不断造就不同的错轨，以身涉险。"
另一个不说话。在内心数着自己的轨道
两条已经废弃，两条已经断裂，仅剩一条
都通向了远方。轨道的肉身，来源于不同的
书本与自制力。反方向来说，还有不断远离
的一切，都被轨道主动且积极地
丢弃。轨道的上方是不断拉响的珍珠号
轨道的下方是不断沉静的白云入海

我不渴望祝福

为我送来更多无益的祝福吧，父亲
我需要你放弃这沉重的爱，它们让我受累
即使我披惯了这样的衣裳……

我不渴望祝福，它们就是无底的海洋
只会把我囚禁

我只想做无意义的女人，跟所有女人不一样
像一面无法修复的镜子

我需要沉静的暴躁、敌意的语言
硫酸的洗礼、火辣辣的巴掌
我的心脏已经空了太久，需要这些美好的东西
将其充满……

每月之痛

这不是什么秘密了，我怀有宫寒的爱抚
每月有几天疼得死过去，用饱满的绝望
活过来，这不是什么秘密了
我吃光了人间的苦痛之药，人类成长的伤口
花朵美丽的杀心，用内心的虚无之镜
照向仓皇的房顶，和我一样仓皇的逃难者
这也，不是什么秘密了。即使疼死过去
也不像我自己。犯罪的方程式。奔波在风里的纸船
几只鸟用痛苦，回到一只鸟灵魂的青苔里
都不是什么
秘密了

顺其自然

一个女人
太在意美貌就会忽略智慧
太在意智慧就会忽略美貌
但我依然，两样都想要

我爱美是因为知道
美貌易逝
爱智慧是因为
我有太多愚蠢的痛苦

贪婪是因为无欲无求
自闭是因为热爱生活

人生中众多不解的谜题——
——其实很好解开

那就是不要解
任它绽放，任它凋零
任它是它，任它不是它

写给眼睛

眼睛越来越深邃了
连呆滞也是种深刻
有时像牛眼，对死神也
心怀悲悯
有时像猎豹
正在马来西亚的上空
与一道道闪电搏击
更多时候
它只是双平凡的眼睛
像个最平凡的姑娘
躺在生活的草丛里制造美丽的乌云

荒谬，但是事实

透过玻璃，你看见了青草
感到青草关怀了你——

你看见孩子们跑进银铃般的笑容
感到童真关怀了你——

你不在风中，却看见闪电般的摩托
感到风关怀了你——

你想哭，你明知你不想敏感
可敏感要关怀你，眼泪要关怀你

你不能想到任何一个
一旦发送信息就立马会关怀你的他者

与人联系时，你是独立的宇宙
这很荒谬
——但这是事实

恒久真理之物

写作的自由决定了范本的无
——诗歌是悬崖上的艺术
也只是出自，悬崖之心的主观
在一条千回百转的路上
我盯着重复之物，走走停停
妄想替它们去蔽、发光、落落大方
从本体的沉默中，显现一万种语言
既可以是不二法门里的绽放之道
也可以是饱含万物的宇宙森林
作为一个，不断用岁月为自己精神
施以鞭刑的人
我已厌倦了标准。恒久真理之物
乃变化之物。或许曾经我早已老去
而明天又会年轻如初生
在回去的途中，我用意识封锁了耳朵
隔绝了标准的箭矢，让原始的野性
这头最真诚的猛兽，冲出身体
替今日千疮百孔的我，发出滚烫的悲恸之声

在鸟鸣中醒来

春天，众鸟齐鸣
我在鸟鸣中醒来
春天在鸟鸣中醒来
知识已沉睡，我从它的
蛛网里醒来
一个崭新的我站在
被时间作古的旧我上

我看不见任何鸟
却听见了它们的形体
快乐让我穿上了鸟鸣
我不是什么——
我是一切
代表着一切跟喜悦有关的事物
在移动中闪出比金星更亮的巨光

我们其实并不懂诗

我们其实并不懂诗

当一个人用怀疑使用词语
情感之河就已经流失
当写诗之快乐变成写诗之疲惫
诗歌的沃土就已经流失

一类是被诗歌绑架的人
一类是绑架了诗歌的人
他们都在朝着同一个终点发力
但始终不是诗歌的友人，像天空从来
映照大地，却不理解大地

写诗就像用一个木筏到达缥缈
就像我们终究要用一具肉身到达死亡
到达一个死寂的下午，把手指
深深扎入一个等待已久的花刺中

渴　望

看完电影《第一炉香》，我发觉
这个世界，需要一些谎言、一些温柔
来安慰女人，也安慰男人
有时，谎言比真相更贴心
谎言的长度，如果是一生
那也与真相无异——
想到这里，心里突然升起一股暖意
我开始慢慢渴望，一些人对我善意的撒谎
多过，一些人对我说出真诚且残酷的真相

论落花

我与海德格尔并排走在林荫大道上
见证落花的落正是
落花的语言
我们注视着樱花从枝头落下
如用眼倾听它最后的遗嘱

而后我们飞过它们的片片坟地
像一群在大地上
诉说长眠的群星
进出比鲜血更美的红光
任匆忙的风、雨、人给予它们
用遗忘的关怀高高堆砌的尊重

但不能

在书籍里理智久了

交流就显得荒谬

一上午，我思考罗兰·巴特

不表达态度的态度

该如何准确体现，更接近

一个能安抚智者饥饿感的答案？

当一个事件画布般展开

我们发声、沉默

都是在对抗或接纳

中立像根银针，有时更令

敏感者心碎。极致的"醉"与迷狂

也无法长久安慰

后来我放弃了，真理无果

就像我无法预判的晚年

我思考晚年，就像日日思考真理

但我不提前透支它

但我不提前触碰那摧毁或

令生命的阴谋失衡的艺术

道法自然

空门无情？思绪乱飞

佛法失效？可我依然肉身如袈裟

口中反复念诵"阿弥陀佛"

佛即道，道法自然，如来

明白这个，让我开始了然

放弃也可以是一种积极的追求

故而，一早上我都没有让心头的鲤鱼

跃出湖面，去追逐空中幻化的飞龙

《佛教十三经》已读完数天

我任它们随着岁月的流水漂远

只留下维摩诘与入世即出世的空门

偶尔雷电般击中我，清净吾心

和这具，住在"人"中生而不洁的肉身

故而，一早上我都在读王维

"世事浮云何足问，不如高卧且加餐。"

顺其自然，诗中赏画，另走访田园、山水

众多抽象动情的心事，瞳孔放大又缩小

一会儿像佛祖，一会儿像人类

一会儿像鲤鱼，一会儿像湖面

一会儿像泪珠，一会儿像笑脸

不可逆转之力

一次次咳嗽犹如木槌击打哑鼓
它让我清楚
我仍病恹恹地活着
得病的是未知的身体，也是
未知的语言

思想整理着尘世喧嚣，或物或人
弯曲的荣耀与哀号的失去
秕谷般在废墟上生根发芽
我懊恼于知道病因却始终无计可施
犹如暴徒狂走于众多利刃却
始终找不到一小块平地

坐于孙思邈纪念馆门口
药王之铜像在眼前肃立
它好像在提醒我
断裂的世界，总会因为安静的心
而突然唤醒那么一丝丝不可逆转之力

图书在版编目（CIP）数据

母豹进化史 / 田凌云著. -- 武汉：长江文艺出版
社，2024.6

（第39届青春诗会诗丛）

ISBN 978-7-5702-3462-2

Ⅰ. ①母… Ⅱ. ①田… Ⅲ. ①诗集－中国－当代
Ⅳ. ①I227

中国国家版本馆 CIP 数据核字 (2024) 第 005952 号

母豹进化史
MUBAO JINHUASHI

特约编辑：隋　伦

责任编辑：王成晨　　　　　　　　　　　　责任校对：毛季慧

封面设计：璞　闫　　　　　　　　　　　　责任印制：邱　莉　王光兴

出版：长江出版传媒 | 长江文艺出版社

地址：武汉市雄楚大街 268 号　　　　邮编：430070

发行：长江文艺出版社

http://www.cjlap.com

印刷：湖北恒泰印务有限公司

开本：880 毫米×1230 毫米　　　1/32　　　印张：5.375

版次：2024 年 6 月第 1 版　　　　2024 年 6 月第 1 次印刷

行数：3228 行

定价：52.00 元